語場引爆×香氣震波

A Bomb Made of Scent

Fifty-Seven Scent Detonations

香氣炸彈 | 陳依文

奔向光的所在 —— 唐鳳

花香調：木蘭 *Floral: Magnolia*

無花果調 *Ficus carica*

果香調 *Fruity*

奔向光的所在

唐鳳

河的旅程，起於巍峨高原，歸於浩瀚海洋；穿越山川沃野，歷經霜雪雨露，在萬千流轉中記錄生命的起伏與流變。《香氣炸彈》正是這樣詩意的川流——蘊含豐富情感與細膩哲思，沿途孕育無數生動意象與故事，最終抵達我們內心深處。

如同〈遠流〉所言：「細細雕琢地貌的是水／塑成一片流域的是時光」。依文細細刻畫生命的細微起伏，巧妙地以氣味為介質，讓抽象的記憶與情緒變得具體鮮活。氣味或清新如柑橘，或濃烈如皮革，或幽微如無花果，都成為詩人喚醒記憶的開關，引領我們進入層疊夢境與真實交錯的空間。

詩集的結構，宛如精心設計的感官爆破——以氣味為引信，在溫柔的香調裡埋藏鋒利的詰問，迫使讀者直視淋漓的創口與重生。在〈磨砂紙〉中，詩人毫不留情地進行「刨膚刮骨」的自我審視；〈自我相驗〉則將傷痕比作盛開的花朵，「髮際、喉頸、胸膛、四肢／長久沉默的凝視之下／所有隱形的痕跡開始浮現／如一塘沉豔的水蓮驚醒催動／從沼泥深處迅速竄湧」——將創傷美學化的同時，又不減其尖銳痛感的手法，正是傳神之處。

閱讀詩集，如踏上未知卻迷人的冒險旅程，詩人邀請我們放開自身框限，穿梭於意識與夢境、真實與隱喻之間。我們看見「鍬形蟲抱著果凍」的困惑與幽默，感受「亞熱帶島嶼上的老鋼琴」傳來的溫暖孤寂，亦體會到〈我不喜歡世界這麼待你〉對不合時宜之人的深切憐惜。這些詩篇揭示了生命的複雜性——那些矛盾與渴望，既是桎梏，也是成長突破的契機。

詩集中的張力尤為值得關注——在〈橫生〉中，「潰爛的創口」竟能「逆長出一枝／熾豔怒放／能灼傷太陽的向日葵」；在〈色環〉中，「大部分人自始至終／都是顏料／但總有人不斷碾碎自己／淘澄飛跌／把一身臟腑／浣成了光」。這種在破碎中尋求重生、在黑暗中奔向光明的辯證貫穿全集，使詩作在美學享受之外，更具有深刻的療癒力量。

同樣動人的，是詩集中對愛的多元探索。在〈片羽〉中，愛是「從靈魂上有光的部分／撕下一片最好的」；在〈釘戶〉中，愛是「從清亮，到鏽蝕，到腐爛，至於形跡難辨、不分彼此」；在〈故里〉中，則是「粉身碎骨後／我們終究會回家／化作自由微塵／向對方星星沙礫的金色靈魂／打起閃爍輕快的旗語」。愛在依文筆下，是堅韌而安靜的力量，修補破碎、縫合自我，更喚起對生命本質的深切理解。

依文的詩，超越個人經驗的再現，不斷深入對生命、時間及存在本質的哲學探尋：「河流是山寫給海洋的情書／我的一生／是靈魂交還宇宙的信」。我們因而得以從細膩的感官經驗中，跟隨詩人深刻的覺察，溫柔而堅定地走向自我與世界的和解。

因此《香氣炸彈》的美好，不僅在其中細膩而豐富的世界，更在於能持續且深遠地改變我們，看見、聽見、記得，然後重新體驗那些深藏心底、如星辰般閃耀的瞬間。在這場感官與靈魂的探索中，我們被炸彈的衝擊所震撼，也被香氣所撫慰，最終明白：正是這些破裂與重組的瞬間，塑造完整而真實的此在。

最後，且讓我以詩集中〈遠流〉的英譯作結。這篇詩作對我來說，最能體現詩集的基調——經歷蜿蜒曲折，奔向光的所在，化作包容而深邃的慈愛。

Far-Flowing

From the furthest edge of wind,
from peaks of gathered mountains,
it journeys from the icy plateau,
bearing frost and snow.
Vast landscapes of rivers and hills,
countless surges of wind and clouds.

Wandering across countless cities,
the traveler's path turns deliberately,
at times gracefully winding,
at times swiftly direct ——
from frontier to fertile fields,
canyon to open plains.

Reflecting the clearest moon,
tasting the driest earth,
melting the coldest snow,
welcoming the purest rain.

Gently shaping landscapes is water,
yet time carves out the river basin.

Ringing, rippling, rushing,
roaring torrents
surging, vast and wild ——
from gentle caresses to fierce collisions,
waters witness
and remember everything.

Flowing over war, peace, prosperity, decline,
washing clean sashes and ankles alike,
nourishing songs of yearning,
carrying away scattered bones.
Different tongues name it differently,
but stories of loss and possession remain much the same.

It is rivers that recount rise and fall,
and destiny that flows through half the human realm.

All daylight, all cloud shadows flow away,
branches spreading, stretching wide ——
pioneering borderlands, traversing realms,
witnessing every embrace, every rage.
Soil gathers into spreading deltas,
fresh water mingles, rushing into the sea.

From icy, fierce chill
into subtropical warmth of sweet and gentle currents,
it weaves and records meticulously
each tumbling waterfall,
each sudden surging tide.
Fragrant orchids blossom on winding banks,
golden sunsets linger on sandbars.

All waters embrace everything,
remembering deeply.

Flowing broadly, unfolding stories,
pouring forth every scar, every love,
giving it all back to the sea.

Life ultimately transforms
into a vast, generous river:
open and tender, surging free.
It permits drought, flood, silence, and fury,
the patient nourishment and occasional devastating frenzy,
revolving endlessly,
creating and destroying.

Only looking back,
do we finally understand ——
the river is a love letter
written by mountains to the sea;
my life
is the soul's letter returned to the cosmos.

I

水生調

雨氣，河流，海風

水砲：強力洗滌，消防與驅逐

Aquatic

Rain mist. River flow. Sea breeze.

Water cannon: high-pressure rinsing, suppression, and dispersal.

人體有接近百分之七十是水構成，眼睛的水分含量更高達百分之九十九。假如水果眞承載一切、記得一切，在我之中的每一個水分子，都將記得光，記得你。

融在掌心的冰碴，迎面的雨，未落的淚，涉過的溪流，踏過的海浪。

氣態、固態和液態，凝望的每一幕，新陳代謝的每一分，無意識交換過的一切。

在海底，在眼中，在雲端，在多肉植物的莖與葉，在土星環，在遙遠的、蝘蜓座分子雲的懸空鍵結冰——我們，終將一起回歸。

暗河

一條河發源自黑暗
摸索前傾
全心全身
奔向光的所在

遠流

從風的盡頭
群嶺之巔
自冷冷的高原挾霜帶雪而來
江山萬里，風雲千湧
流浪於許許多多城邦
行旅本是有意的輾轉
有時曲意委婉
有時暢達直快
從邊關到沃野
峽谷至平原
映過最明的月
舐過最旱的地
融過最冷的雪
接過最靈的雨

細細雕琢地貌的是水
塑成　片流域的是時光

泠泠地、潺湲地、湍急地
浩浩湯湯
奔湧橫蕩
從細柔輕撫到沛然衝撞
水源嚐鑑參與
記得　切

淹流過戰爭、和平、繁榮和衰敗
滌洗過纓帶與腳踝
滋養過相思謠
帶走過無定骨
異族方言曾喚以不同名氏

失去與佔有的故事卻大抵相似

絮絮說唱興亡的是河
流淌過半片人間的是宿命

天光雲影都流盡了
所有分支已然推衍
拓荒邊陲
列國周遊
所有纏綿和洶湧行將看盡
泥土沖積成扇
淡水混襲入海

從寒帶的凜冽
到亞熱帶溫暖甜蜜的流波
兜兜轉轉地刻錄

條分縷析的記憶
每一座飛墜的瀑布
每一場暴起的大潮
曲岸有蘭芷幽芳
沙洲有夕照如金

眾水擁抱一切
深切銘記

廣域流遍，情節演盡
傷痕與覺都如數傾付
還諸於海

生命終究
流變成一條寬廣的河
敞亮溫柔，舒展奔騰

容許枯竭、氾濫、靜默、澎湃
長久耐心的澆溉與偶爾覆滅的瘋狂
循環往復
生殺予奪

回頭看看
方才明白
河流是山寫給海洋的情書
我的一生
是靈魂交還宇宙的信

浮浪

所能書寫者
不過是最淺顯的

＊

它們皆是
沉默的海洋表面
變幻偶現的浮浪
生生滅滅
瞬麗一剎

＊

就算能把每朵浪花記清
也認不得眞心

*

每片浮浪
都是命運的矯詔

*

只有願意殉海的人
能想起一切
喚回一切

*

能通達者
須屏棄文字，定義
聲色與自我

＊

在海底，看見星空的墳場
遇見亡靈，愛人，來者
通曉所有遺言、預示與承諾

II
皮革調

皮革，煙燻，菸葉
集束彈：無差別、大面積殺傷

Leather

Leather. Smoked accord. Tobacco leaf.
Cluster bomb: indiscriminate, large-scale destruction.

「革」，《說文》曰：「獸皮治去其毛」，砍頭去尾，開肚留背，剝皮刮油。本義爲剖剝獸皮。

剛取下的生皮腥氣淋漓，沾黏株連：筋膜、脂肪、碎肉、神經血管淋巴……須得脫毛去鱗刮肉除油，再經繁複工序，定色打蠟，隱藏去一切「活物」痕跡，淡化所有生體聯想，使其不腐不臭，柔軟光潔，整飾爲紋色美麗的精品要件，方才前置完成，可堪使用。

剝削皆是爲了奢欲，而非存活。格式化，概念化，去人格化。

牛羊豬馬是獸。鱷魚、蟒蛇、蜥蜴、鴕鳥是獸。男人、女人、老人、小孩，人也是獸。

不以爲意的殘虐，得寸進尺、步步進逼的剝奪。精研鞣製，無窮盡的貪婪侈樂。

甲辰年六月初四，雨天

又一個鉛灰，蒼青的傍晚
暗雨細密如蛛絲
纖細、透明，八方兜迎
誰與誰的千頭萬緒
共振成同一筆咒
結陣直降
踩著等頻的音色
從飽蓄預兆的雲裡聯袂奔赴

也許這也是場鯨落
溶解了的神明屍骸
支離析散
垂垂沉沒，拆崩，撫下
如幽靈之手指

溫柔地、低沉地、竊竊地
無數半融蝕的隱形骨節
那些掛不住血肉
握不住命運的虛脆白骨
或者粗重，或者細幼
顫危危、撲簌簌、一往無回地
前仆後繼搭上傘面
叩叩按按、劃劃撥撥
微弱但堅持
反覆反覆
點捺敲打，那約定在彼岸的密碼
祕密的憂傷，滿溢的憐憫
輓歌低吟，讖詞切切
未完成的祭禮盛大、隱蔽、不爲人知

「別過去。別過去。別去。」
「回來啊，回來吧，回來……」

我知道，我知道的

雲是天上的河
雨是跌落的河
我是地面的河
還有死者，是冥界的河

諸業滌盡？
未敢滌盡。
如何送葬？
不能送葬。

沙沙撻撻
傘是誰的墳
魂靈在暴動

這裡有些什麼
永不奔往大海
那裡有則名字
尚且壓藏在舌根，水底

牢牢嵌守，死死緘封

每一個雨天，每一次停留
每一座前生，每一片心魂
穿透、斜織
絲縷歸返，追銜往復
因緣生滅，長河永世

都編入那張立體的網
懸懸高張
欲切欲割
恢恢不漏
廣撒以待

因爲有些念念不欲湮滅
有份回響未曾遺忘

天空還是被刺穿了
空洞洞地

我知道我的眼神
也是那些手指中的一瞥
瞬間摔墜

覆滅在那年那月
你眼睫半闔的臉側

逆夏

被迫把心
迎上吃孩子的銳齒
街景變成一座巨大的削鉛筆機
手與足，一一送進去了
龐大的機器捲軋著
肌理被刨開，深深剜下
整個人削得尖尖的
無臉無目
以全黑之姿
將青春磕斷成一截截疼痛的炭
試圖在百孔千瘡的焦土上
寫下什麼

＊

他們是筆
點讀一切再也不會癒合的傷口

所有高樓的燈
都從地獄裡戳亮

複數連鎖

被不幸彈出
又碰撞更大的不幸
在成組相銜的力圖軌道中
摩擦、削除、耗損
漸漸失能

最後
成為巨量，沉默，積沙如塔的
不幸之一

煙供

從理論、實驗、數據到沿用
這份歷史已很漫長
他們縝密而大規模地
往思想播下毒種
混在小麥、藥草、花籽和樹苗之中

修辭是至關重要的功夫
宣傳必看似理直氣壯
正大光明
水，土壤和養分都精心調配
餵養的毒素要混搭均勻，無孔不入
八份良善混兩分惡
直線裡偏移些許歪斜

在每日運轉代謝、維生必需的眞實裡
摻雜少量不立即兌現的虛假
然後護育、施肥、催熟
再逐年逐季
一茬茬檢兌
或收割，或篩打，或焚化

不致死，但會增生、腐壞、逐步變質
一滴染料滴進水
就永遠改變顏色了

是非微妙扭曲
靈魂禁不起勘誤
掙扎的途徑被限定
信仰有錯置的底層邏輯

毒樹的果實
死土裡揚出的浮根
披著人皮的木屍

長成後，或許裂爲荊棘互相刺穿
或許拗折敲打，釘板成月替的家具
或許催逼結籽，高壓冷榨、煉油
或在痛苦的覺察中付諸大火，化燼重生

那些煙，也帶劇毒
家、鄉、城邦與國土
世界終究澆鑄成一座巨大的鼎爐
那些毒煙，孳塵，致癌的霧霾
過於渺小近乎無形的微粒
無聲的尖叫與蒸散的血肉
紛紛升騰、匯集、不饒不散

供向他們高坐神壇
緊閉雙眼的君父

分歧日

世界正在裂解
無聲崩潰
從內部向中心一點點坍塌、陷落
沒有一絲煙塵漫出到外界

縫隙曾努力維持張力
在表層環繞搭連
如人鏈手牽手，箍住黑暗
但最後，也綳不住撕開大嘴
轉頭吞噬

曾一度被短暫扭合的環節
一一鬆脫、脆斷
無法二度重鑄

指針已走到午夜十二點
有些人還留在上一個時辰
再也走不出昨天

無形的壁壘如鐵幕降下
沒有槍聲
但夢裡有一扇門悄然關上了

那邊通往宴會
這裡閉門屠殺

成千上百萬的金絲雀幽靈
徘徊在文明的廢棄礦坑
困惑地反覆啄拔肚腹的細羽
不明白自己爲何死去

牠們不能再歌唱
也無法尖叫
僅是滿懷哀傷、困惑
睜大豆黑的眼
看著淪落的飢民暴起廝殺
爭奪路邊一點點
曾被誰小心丟下，充作記號的麵包屑

搶著搶著，互相撕咬、拆剝、啃食
所有人都變成鬼了
善良的靈魂困在森林深處，永遠迷路

或許裂解是好的
冷戰總比熱戰好
裂解，比燃燒更能
容許我們重組一些什麼——

但地獄裡的繪卷
再怎麼撕碎重組
能拼得出天堂嗎

就在某個平平無奇
陽光晴朗的下午
世界
悄然無聲地裂解了

III
柑橘調

檸檬，橙花，佛手柑
老地雷：埋藏身邊，觸動才炸，日久成習慣

Hesperide

Lemon. Orange blossom. Bergamot.

Old landmine: buried close, triggered by contact, habitual with time.

微物中，自有深情。家常熟悉，伴隨左右的物事——它們在竊竊私語，或者交談，或者低唱，或者自說自話。

甜點食譜、煎蛋祕訣、窗簾花色、燈泡亮度、除溼與塵蟎……乃至一舉一動皆收入關切凝視與包圍環繞中的，我們的睡眠品質，體重增減，大笑頻率，心事幾何。

所有家具都是隱喻。每個角落都藏有故事。我們活在物間，也將自我留在其中。

飼育盒與鍬形蟲

想攀爬
僅有的一段小木棍
是樹冠最末梢的截肢
即使刻意慢騰騰緩速挪移仍
三兩步就爬完的盡頭
沒有樹、沒有葉、沒有其他鍬形蟲
只有空蕩的斷面

想飛
十五公分外的頭頂
不是天空，是附帶提把的盒蓋
兩旁有成排的通氣細縫但
沒有風。沒有樹皮或苔蘚帶點鏽或皮革的氣味

沒有雨後潮腥的水氣、陽光曝曬乾爽的草葉香
沒有風，從實際不必太遠的他方
帶著陌異鮮明的色彩肆恣吹來且空氣
並不新鮮

想進食
沒有樹液，沒有柔軟的落果
沒有熟悉且令人喜悅的觸覺儀式：
扒開褐皮、刺入腐肉
爛熟的果香和帶點殘斷纖維的汁液迸濺滿溢——
只有一顆從開口扔下
膩甜發亮，從半橢圓膠盒滾出
透明、奇怪，人工色素的黃果凍

好像還是不遠前的昨日

在深黑夢甜的土裡
從一點小小小小的卵開始
歷經漫長耐心的育成、蛻皮，艱難破蛹
前腳走出畢業典禮
後腳鎖入精神病院的展示間
無甲殼的怪異種族
拿黃顏色的大臉湊前逼近
大人小孩指指點點
隔不斷的窺伺眼光
明明是短促緊要的成年
六片透明壓克力板
方方面面，凝固成無法二度羽化的塑膠蛹殼
草率、簡化、似是而非
無望禁錮的單人牢房

生命的意義
在創造宇宙繼起之生命
但牠只有一隻，孤零零的
而宇宙對牠而言
只是一個四方手提的塑膠小盒
既不眞實，也不自然

憎恨這些直角
自然界不該有直角
不是家徒四壁
但一截斷枝擬喻一座森林
是最傲慢的自以爲是
沒有夢，沒有期待
沒有出路、逃亡

沒有意義與理由

鍬形蟲抱著果凍
木木地待在角落
假裝自己
並不生氣

奶油餅乾

那香氣，如流光
四溢於滿室滿廳
浮轉漫漲，比晨光更滲透地
潑盈於窗簾、立燈、桌檯、花布沙發……
安靜地，飽滿地，芬芳地
染深了木玫瑰的夢

沾有露水的含苞切花

最初，不過是
偶爾經過路口轉角的花店
偶然的一次心動
幾枚零錢
再小不過的一個手滑

帶回一枝切花
就要找個插瓶
有了一只適配的陶瓶
就要有個明淨的窗臺
收拾出一處陽光正好的窗臺
就要配個齊整的書房
歸置好一室的錯落有序

就要風格一致的廚房、衛浴、臥室、客廳
整頓完一座合心稱意的房子
進一步想起花園、草坪、樹籬
甚至街區、城鎮……

起初
確實也只是那樣的一回頭
聽見命運隱隱如遠雷的笑語
跟從前的自己
不沾親也不帶故的一點緣份——
愛一個很好很好的人
爲了適配並安置，最後
人生通盤改變

雙色燈座

蛋面的玻璃燈罩
左邊深藍，右邊赭紅
說不準是天意或註定
兩道分明的色彩
清澈瀲灩
湊立　雙

挨挨擠擠，互搶插座
延長線的引拉戰爭
線路糾纏
電壓時而過低
時而過高

原該慎惜典藏的
貴重初心
被拉扯、擠壓
內在張迫
逼迸出千百條細痕
緻密的線條攀爬搭聯
如碎殼，似蛛網
最後，開裂成無數縫隙

但因爲
愛還活著
奉立於中心的炬燄收縮舒張
悍然鼓動
星火飛舞，昭昭烈烈

光焰從裡頭
壓注傾瀉
通流過那些極限張繃的裂隙
投射出來
在黑夜
映成緩緩公轉
浩瀚璀璨的宏麗星河

兩份心
改變形狀
嵌合鎔鑄
拆組成嶄新的雙色燈座

亞熱帶島嶼上的老鋼琴

心是一座老鋼琴
音色溫甜，木質光潤
一盞燈，幾沓譜
倚著人世的邊角
立得久了
不再表演
不求苦練
漸漸減去磅礴宏麗的華彩樂段
僅是流水般淙淙切切地
抒情、敍述，閒裡交談
偶爾敲演一些
不必要回答的詢問

然而總有

這樣或那樣
淡煙暮靄
滿城風絮的時候
梅子黃時雨
靈魂的溼氣重了
琶音微滯，和弦漫開
思緒點點灑灑
內外水位漸高

誰的剪影眉目依稀
半身明暗
浸入乍暖還寒的心潮
泡得發軟、輕撈卽破的模糊人形
彷彿呼之欲出的久遠暱稱
收起不及的往昔溼溼漓漓
潮潮潤潤

戛然而止的怔忡一瞬
第四十九根弦
停頓失聲，令人愕然的空白
擊槌拒絕落位
自我抗止前行
如年少時給出的愛
壓扣不回
意外頑固

缺席是最強烈的存在
你是那格卡住的鍵
落陷於世界中心
按熄所有的光

IV

花香調：木蘭

木蘭：吲哚，芳樟醇，檸檬烯

手榴彈：親手投擲，定點定向

Floral: Magnolia

Magnolia. Indole. Linalool. Limonene.

Hand grenade: thrown by hand, aimed and directed.

紅樓隔雨，亦錯亦真，少時的咫尺天涯。

莊生曉夢迷蝴蝶。只因念念深切，竟能一路沉透、勘破，終至滄海月明。

死亡與新生，我之所以爲我——那些因果浮現的瞬間，我清醒意識到，自己討價還價，成立了新的支線，同命運打了交道。

但我始終記得那隻蝴蝶，記得牠振翅時微弱堅決的無聲氣流，記得那些天真、脆弱、纖細與剛強。

始終慶幸，深懷感謝。

對於愛，我問心無愧。

片羽

這片光景
似化爲流體的寶石
華豔暗凝
內熾外寒

我當然愛你。

那是
從青春
從靈魂上有光的部分
撕下一片最好的
不展賣、不出借
也不交換

無關時間，無關距離
僅僅是錨定了
一片釘住的蝶翼
流光奪彩
永誌不易

刮券

「為君起唱長相思，
簾外嚴霜皆倒飛——」

思念原來是凜然的
一片片冰碴
凝結退飛
逆反穿刺了順流的厚長時光
將鐵石心腸
一刀一劃、一月一年
磋磋銼銼
刮磨去嚴貼密合
緘封未啟的銀箔
露出許久以前

掂在心頭
誰也沒說出的那一句話

終究是錯
我們懷藏珍寶
卻誰都不曾中獎過

線裝

那一根線
是條咒
浸染過誰的心頭血
朱紅頑韌，深豔無光

自來自攬
不由分說
收拾了隨寫隨扔
一地散漫的紙頁

備忘、素描、廢稿、日記
重要收支和寫了一半的詩
那些新新舊舊

寫寫停停的信與私話
紛紛圍攏靠近
所有開敞的記憶和牽掛
都朝你收束轉向

指腹搭蹭，掌心壓平
曾經跳脫毛躁的心事
依偎對齊
招安成溫良乖順的一沓

穿繞拉提
抽繫緊結
這份手工細緻體貼
至親至疏

僅僅編篡
卻未必讀懂
這道繩咒，你的愛
曾裝訂我的一生

釘戶

你是心上的釘子戶

初遇新銳明亮
見血封喉
再見高舉重落
錘錘追擊

歡喜訝異、試探追尋
反反覆覆
猛然化成一片柔軟的心疼

愛憐是敲骨搗血的椎殺

紮深了，層層穿透

從眉間、心尖，到半生
戳入靈魂、夢境、生生世世

也許，將自己拆遷得面目仐非
還是你在

從清亮，到鏽蝕，到腐爛
至於形跡難辨、不分彼此
落入不同維度
還是我在

即使血肉糢糊，屍骨無存
宇宙彈指間揭破一頁
無明洞穿
標誌仍在

少年時那一回首
最初最末的點——

零偏斜，無轉移
頑固不改
因果不結

V

無花果調

無花果：香豆素・禁止添加
導彈：精準導引，遠程鎖定

Ficus carica

Ficus carica. Coumarin. Banned additive.
Missile: precision guided, long-range locked.

枝葉清新，奶杏甜綿。像那些層層疊疊的夢境。

看似無花，其實果卽是花。看似虛幻，其實夢便是另一層世界的眞實。

我樂於作夢。不是夢想、願望、幻想、白日夢，而是關燈就寢，沾枕入眠，實實在在「睡眠期間的腦活動」。

那些瑰麗宏美的地景、城街、廳堂、古寺、島嶼和海洋，不存在於現實，地圖上無一可對應，卻總在夢中一次次想起，反覆反覆回歸重遊的親愛地點。

一次次溯訪，一次次的暫聚與探親。每次作夢，都是回家。

As within, so without;
as above, so below.

意識花園的朦朧小徑

夢與直覺都是被動技。

但願我們技藝精通
淬鍊純化
每一次發動，都是對接
每一次印契，都是拓寬

直至那座不分季節的黃金花園
泉源降臨，再無退轉

橫渡

非得要你在身邊
才能安然度過那些
多夢的夜

故里

我想我們都曾是石頭
在宇宙，在天際
在冰冷的高山之巔

我輾轉流落
安靜地磨盡鋒芒
縮滾成一顆帶紋的灰鵝卵石
擱淺在生活的灘

你崩削切割
堅持光緻與亮麗
任現實踩踏
嵌作議會廳堂前的大理石磚

但這沒什麼，親愛的
正如那些定時巡迴、定點穿梭
來自家鄉探視我們的夢

如此夜復一夜
模糊後再次鮮明的確信
閉上雙眼、打開不存在的感官
眺望彼此
凝視記憶深處
像被雨打霧的玻璃再度抹亮

粉身碎骨後
我們終究會回家
化作自由微塵
向對方星星沙礫的金色靈魂

打起閃爍輕快的旗語
注目微笑
往太空未熄的篝火邊坐下，平靜熱烈
分享又一個久別重逢的擁抱

疑是地上霜

天外的誰
偶然念起流落人間的舊友
拿指甲在夜的窗紙上掐一個印
月牙的縫
外頭的光淡淡流入
照亮了你的床前

萬國百世

在每一個世界與你攜手
迎來每一座末世
每片昏黃漸暗
遍地流火、群星紛殞的海岸

那些曾被毀滅的美好
即將取回，或者再度失落
我們的愛
誕生於存亡之際
續命自殘燼餘溫

大夢裡烽煙一畢
醒時亦將
太平相忘

刀

夢是一把小刀
割劃開宇宙的縫隙
我竟得以
想起並舉步
橫渡重重維度
到你身邊

VI
果香調

甜桃，莓果，西洋梨
漆彈：顏色鮮艷，人體無害

Fruity

Peach. Berry. Pear.

Paintball: vividly colored, harmless on skin.

可愛無敵。

圍繞身邊，明朗可愛的人、事、物——只看著這些好人好事，竟使人恍惚覺得，世界大體也是可愛的。

生命中最柔軟明亮、甜美純粹的部分。喜樂，溫煦，心甘情願。

咂巴咂巴

星星是天空的牙齒
天亮，全拔光

將地球硬糖般
一口含住的大嘴
就不咬我們了

戳戳樂

那些受過的傷
捱過的痛
心上戳出的洞
痊癒不了的創口

習慣了，不疼之後
很久很久
也會變成透氣孔

有天，星星們移動經過
把光的手指伸伸探探
飾亮了沒出口的黑盒靈魂

小隕石

愛是重力
失去輕盈的自由
偏離既定軌道
歸屬於你

餘興節目

每天每夜，她作著夢
從銀河中心
下載即時的更新碼

靈魂由徐而急
高速運轉
弦波震動，靈光閃爍
半透明禮帽從底部，在安裝中逐漸顯形
指尖上，虹彩絲帶浮轉飛旋
帽洞裡的魔術開始生成：

蒲公英、雛菊、綠繡眼、薄荷、馬纓丹
桔梗、兔子、芍藥、薔薇
松鼠、繡球、鳶尾、櫻桃⋯⋯

趁夢境坍塌、疊加
宇宙萬華鏡的換幕之間
向世界
拋出無窮盡的跳躍和花

音色

她的聲音裡
開出一朵朵花
抑揚頓挫，音階起伏
萬顏千色浮轉開落
最終，結成纏綿燦爛的春天
奏亮我的人間

聖杯

那些一起消磨的時光
都研得細細粉粉
心上一化
熱融融地
沖釀成春暖花開的濃甜

壓箱

一顆心
剝殼去皮
漸漸嶄露出澄潤純金的內仁

不可食用，不可種植，不可典質
只合甸甸實實地捧著
用暖過的手貼膚包藏
珍寶一生

尖尖

指尖尖外
飛機劃過的銀線隨意切割
顛倒天空

花尖尖裡
一苞滿載的香氣炸彈正準備迸射
謀殺你、我，宿醉上工的某隻蜜蜂

枕尖尖旁
將醒未醒，無窮碎形的夢中
小心翼翼旋移轉側
萬花筒千生百世的風景輪番閃現

心尖尖上
永住的人開疆闢土
往小屋旁圈一塊地
播種、耕耘，守亮一荏荏柔軟的金黃
不施藥布肥，也不採收
只等著氣候點滴移流
時光慢慢浸透
如約熟落

於是，再不需要詩和遠方了
群鳥來去，夕色如注
玫瑰色的霞光溫柔淹留
還要倚著門欄
靜靜久坐
傾聽往事細微剝響的回音

語言化爲水鳥纖窄的細爪
輕巧地抓踩在心坎上
搔搔爬爬
往軟泥印下成串的純金腳印

最後，再沿外圍
育成一片強壯如籬的防風林
阻隔著探望、人間和世界
應許了未來那日的
靈魂樹葬

VII
草本調

歐薄荷，生薑，香茅草

曳光彈：用以觀測，校正，標記

Herbal

Peppermint. Ginger. Lemongrass.

Tracer round: for observation, correction, and marking.

我所觀測者，亦觀測著我。

看見的事，會改變你；觀察影響電子的變化與運動——僅僅是「看」，也是一種能量。

干涉或許從來都是雙向。

所以，請千萬，別閉上你的眼。

即使有天步入黑暗，也要極力睜開雙眼，清醒地、雪亮地、不計代價明明白白地，看到最後。

陽炎

日光的
萬千芒線
穿越宇宙，張揚放射
拉成一張巨大、華麗
鋪天蓋地的蜘蛛網

電磁蛛網層層疊疊
多重多維
無質之絲光彩奪目
不沾不黏

毋須捉逮，只須投注
遙遠光絲單向搭落
準確聚焦

點燃活物內部的本源之火

蛛網展開
盛大的祭儀燃起無數火把
高踞至中的，是那
冒著電漿與閃燄，滾滾耀白
不可直視的巨大蛛母

仰望之人
灼融了眼球
是被誘捕的微蠅
魔怔地
癡癡走入

色環

I

嬰兒是三原色
孩童是間色
青少年是複色
層層套套，摻摻染染

II

她始終保持在暖色部
他在冷色

III

遺憾的是
畫筆多半由他

IV

世間是塊無窮邊際
無法上岸的調色盤
外人指指點點，加油添醋
勢與運大手揮動
橫攬一筆

V

長達幾十年的混淆、疊加
在終點，有人成了黑
有人是白

VI

大部分人自始至終
都是顏料

但總有人不斷碾碎自己
淘澄飛跌
把一身臟腑
浣成了光

服從測試

出於愛，是奉獻
腐葉化泥
蓓蕾欣喜回應春陽

本於認同，是隨順
淺浪驅流由風
羊群隨牧人前行

迫於權勢，是屈折
樹木鋸組成家具
礁岩被削去曾經高昂的額頭

而所有蓄意的測試都不道德
我們敬謝不敏且
審慎自律

情緒模式

孩童的快樂與憤怒
暴烈，乾淨，純粹
如沙漠豔陽
高嶺雪崩
沖刷過，就是一次死亡與新生

成年則成了
梅雨、餘震、土石流
欲盡不盡，泥沙滿地

剁手與被剁手

看似眞誠無私的奉獻
實爲重資的隱密押注

＊

那些愛，都是籌碼
可供投報、交易、贖還

＊

借貸與質押
溫情與犧牲
一筆一條，時刻都在進進出出
價值亦如天氣起伏
浮動漲跌
風險自具

＊

計量表懸藏在生活夾縫、心靈潛層
即時、精準、自發電、不可見
無需調控，不受監管
只要持續付出、索求
所有燃與被燃
都追閃著溢酬的紅點

＊

而你甚至騙過自己了
對價模糊，但始終存在

＊

堅決自我警惕
不上賭桌
也不被挾持作莊

沒頭沒尾

故事有開頭，有結尾
但我們活在過程裡

反反覆覆
沉浸遺忘
一本情願不完成的書
永遠藏題，永遠開放

一頭熱

他的心是座西曬嚴重的房間

自認明亮炙熱

現實無人願居

凹凸

那些雲是
一塊塊浮在天空的
白色拼圖

上下左右、前後挪移
拼了又拆，拆了又拼
尋尋覓覓一再試合
終究無法
與眞正契應的另一片對接

漸漸迷惑、糊塗
簡化了輪廓
散去了邊際
塗塗抹抹，面目全非

就像
他們一樣

戲

可以觀戲
隨戲
甚至入戲
但千萬
別忘了戲外的一切

VIII
木質調

大西洋雪松，鐵鏽味
亞音速子彈：來自現實的狙擊暗殺，無聲無息之死

Woody

Atlas cedarwood. Scent of rust.
Subsonic bullet: a kill from reality, a death without sound.

本該如松如竹，如鐵如銅。

我不喜歡世界這麼待你

——給Z，及因各種理由相似的人們

我不喜歡世界這麼待你

你太冷靜
因爲尊嚴
沒想過求饒
礙於教養
甚至不屑憤怒

你太沉默
即使靈魂有深井，直通大海
而海底通連夜空
凝視久了

能看見恆星坍縮、爆炸
銀河在光年外演化
星群遷徙
宇宙壯麗

但你從不展示
在這萬聲喧嘩
萬色浮幻的當代
世界是只巨大的鍋爐
鍋裡總是滾的
聲音、形狀、色彩和氣味
全員都在冒泡
所有食材撲騰搏躍，力爭上游
不必翻攪就輪番浮現：
有機的、天然的、人造的、科技狠活的

有的鬚尾俱全，連根帶土
有的細剁搗泥，不成原形
咕嚕咕嚕，前仆後繼
無止盡地生成、破滅、破滅、生成
燉燉熬熬，爛不完的接力沸騰

必然營養過剩
必備裝飾擺盤
總該整治出一張精美大氣的長桌
有鮮花、瓷器、白桌布
所有人等著拍照，進食，餵哺
所有人都在看與被看、煮與被煮、吃與被吃
張牙舞爪的饗宴之前
不展示，就不存在

屠宰場、廚房與餐桌
漸漸混融成一片鮮色濃香的區域

君子遠庖廚
君子退避三舍，沉默離場
或乾脆改弦易轍
華麗返身、奔忙轉行
鑽研起生旦淨末丑的活
所以再也沒有人看見君子了

「君子」慢慢變成一種似存實亡
虛構遙遠的概念
屬於傳說、神話、上古神獸
典籍裡批次滅絕的吉祥生物

於是你漸漸下沉，下沉

生活變成一場漫長的沒頂之災

這是微小個體與巨大量級之間
不成比例的對壘較量：
你不想討好世界
如此沉默、生澀、拙樸
不群於眾，不媚於世
現實自然也未曾對你
青眼相待
分毫縱放

你抱著玉，沒上趕著給人砍腿
卻擁住那塊不剖不破
無人可識連城璧的灰皮原石
安靜地，疲憊地

守在某個趕不上開發的旮旯邊角
被土石流，被風雨
被碎枝殘葉、塑膠垃圾、灰砂泥礫
土踩踏土，石頭滾石頭地
被連環追尾面目全非
大大小小眞正的山石淹沒

那些轆轆滾來
層層堆積的石頭都是頭骨
圓圓的，方方的，奇形怪狀的
或者稜角磨鈍、鑿穿劈裂
一顆顆未曾開蒙也無所謂瞑目
正常和畸形的水泥顱骨
在你身上顴抵著顎、顎扣著頂
疊疊咬咬

壘成京觀

你被隕者大山壓脊
他們還期望你背負著墳場
搖搖欲墜地支稜起來
屈膝、駝背
孑然一身，無黨無朋
從荒地，向絕境
溫順地走入無光長夜

有時你停下腳步
閉上雙眼
像泥塑木雕的土偶向前生無聲呼喚
試圖汲取岩層和森林的夢
那時你髮間有風

頭上有陽光
身側苔蘚碧綠
趾縫間蕈菌生長
還沒被標碼、搬運、裁切、塑形
感觸鮮活
幻想無盡

但夢迴再三，流轉到最後
總是砍伐、開採、剝奪與造作
念想與盼頭寸寸燒完
灰燼一截截落在地上
辜負與奈何聚攏成小小的墳堆
灰白柔細
一搓就散

那麼一丁點可供取暖的回憶
放久了，竟也陸續受潮
發霉長斑

你曾以身爲盆，以心爲土
慎重養了許久許久
一枝精巧雪白的花
尚未盛極，便已觸落
一瞬間枝頭乍離的墜斷
靈魂的鍵結鬆脫崩裂
輕巧短暫，至沉至重
你甚至來不及反應
夢想熄滅剎那
撞牆碰壁，認清邊線不可越
界壁不可破

極限與未來都已一目見底的悚震
那是華年無人知曉的送葬
你，與你之中最明亮美好的部份

暮春裡，最後一朵荼蘼無聲開謝
殘存花事，支離稀爛
風流斯文挾肥帶瘦
亂雨紛紛，碾軋成泥
餘香、印痕、爛瓣與殘萼
都在無人經過的清晨一把掃盡

而前方道阻且長
沿途冷僻，再無花開
倖存的典範都回歷史裡了
倫理道德，人生被架成一場狼狽的困鬥與消磨

末路未竟，窮途已識
前程窄徑本不寬綽
狹路相逢你更一讓再讓
愈求索，愈緊窒
終至舉步維艱
如血管細細收束於末梢

意志壞死之前
仍要往前攀流——
從來就無法回頭
大勢不可逆、時光不可逆、天真不可逆
運轉是麻木的慣性
而你清晰準確地感知自己
有什麼微小脆弱、彌足珍貴的物事
搖搖晃晃，愈閃愈淡

像瀕死的螢火蟲群
從內裡，點滴逐漸
崩潰渙散

恍惚又到那歌聲幽渺的水邊
你集中心力想聽見那道古老的水聲
從泠泠瀝瀝，到潺潺潤潤
兩千多前的江河豈有今日污染顏色？
然而滄浪之水是清是濁
命題皆與你無關
在那個行吟澤畔的下午
多水多巫多香草的南方
汀蘭郁郁，驕陽似火
一個困入死地的靈魂枯槁憔悴
直面而來的漁人彷若幻影

既是問贖的聖使
也似催命之惡魔
魂血蒸乾前最後的申訴辨答
對話與思考都如此奢侈——
「濯纓，或者濯足？」
但那男人的決心和選擇與你無關
「有選擇」本身就是一種特權
那些人的出生自始就是一種特權
你以爲你也可以做學問，懷抱負
爲天地立心爲生民立命
爲往聖繼絕學爲萬世開太平
書中有丘壑萬千，夢裡有海晏河清
但醒醒吧你要養家餬口
車貸房貸水電網路養老撫幼保險傷病

你沒任過三閭大夫
不認識任何高層也毋須煩惱上級變心；
更非疑似財富自由興趣釣魚
隱士兼職諮商沒事划船串戲
與世俱移來去自如的高人漁父。
你只是你，清簡單薄
無身家，無背景，無傳奇
既沒有一頂冠帽
也沒有洗腳泡足的閒情餘裕
所以那些豁達超脫收放隨心的試探
酷烈激情憤恨絕望的申辯
理應與你無關——
但你爲何如此悲傷呢
每當你亮晃晴日，汗流浹背
夾著公事包資料夾帳單報告和書本

走過校園那片無柳無荷
靈氣全無的人工湖
鬼迷似地抬起手，撫上太陽穴邊：
乾乾淨淨。沒有繫繩、沒有彈孔。
但如果沒有帽帶，不願裸足
還有什麼可供投水的呢
明明身在那樣末端的下游啊
滔滔滾滾的大水下放時
你只能是倉皇逃難
或匆促溺斃的那群——
沒有紀念。沒有悼詞。沒有名字。
只有發泡腐爛的夢
纏滿塑膠腫脹難辨的肢體
水退後流散街道包滿泥漿的廉價家具

你發著怔，對著優養化隱約發臭的稠綠水塘
在團塊浮藻即將閉合的水面上
看見縫隙裡印堂發青的自己和自己和自己

現實化作巨大的鋼印機
流水線上喀嚓奏響
發力瞬間
一掌拍死一份理想主義者的信仰
機械踩著閱兵進行曲的拍點重落
歡快而昂揚地
往額頭刻擊下黥面的條碼
24601、24602、24603……
消耗品編碼依次打印
粗體的壓痕凹凸如疤
烙在膚上

滲入精神、靈魂
不依不饒，隱隱帶毒

是的你清楚他們怎樣定位「你們」
多產多用，可棄可拋
壞了也不費修理
崗位遞補，編號回收
千人不過一面
備品無數
始終供需

你竟還曾試圖點燈
小心翼翼擦亮火柴
擋著風，呵護那一丁點的紅焰
你不想燃燒什麼
沒想過燎誰的原

可是那麼多漫山遍野荒廢無明的石燈籠啊
它們都空著心
啞著口
成千上百黑洞洞的等待
你只是認眞、負責，儘可能造一點光
一盞、兩盞都好
甚至不求沿遞傳承

某個風裡留燈的深夜
你在桌前低頭
歸整文具，對齊書沓
袖側一蹭
昨日未給出的便籤從紙頁間滑落
靜靜擱淺桌緣
像片出不了港的小船滯泊碼頭

你的善意、批註、補充說明
重重考量的思慮
形式尚未成文但心意已然過重的那份提點
你看著邊緣有些發皺
指腹微撫
輕按上的筆跡竟隱隱
透出端正燙鍍的暗紅焚色

也許你不禁懷抱過期待
單單獨獨，方寸間片刻星火
亦能染亮一個未老初衰的靈魂
只要有誰，吃透那一點焰苗
由邊角開始析溶
滲滲地浸潤出光
或許終有一夜

從心到眼
徹亮通明

但他們不要思想、智慧
僅僅偏好聰明才智
下可兌換技能，投報變現
上能戰天鬥地，其樂無窮
只是千萬別提思想或智慧
那些項目太沉、太重
太奢侈也太累贅
常發副作用如質問、懷疑
時時警醒的痛苦與孤獨

他們喜歡你實誠、恭良、忍讓
任勞任怨，像個好人似地

不問去處，不講報酬
鎖死途徑的既定軌道
早早明白表態的徒勞
臉藏在暗處，還是伸手
將椿椿件件
群體複數的人生囫圇扛起
十里山路不換肩

我不想
不想看到你的骨頭
一根根被拆折、拔除
像餐盤上的魚，笑談間被漫不經心剔光排刺
脊椎拉起、旁刺挑抹
我希望你扎扎他們的手
雖然他們甚至學會了油炸
從頭至尾，酥脆啃碎

它們本該如松如竹，如鐵如銅
餐檯旁來來去去的賓與主
還總愛研擬新規
叢林法則、農場制度
踐踏骨血回收再榨的方案頒訂了
條條框框

在你面前一一展讀——
黑字模糊了，點點濺濺
一珠水紅暈染、漾開
白紙攝入誰的血淚
逐條逐頁，活變成鋪天蓋地
狂卷似雪靈動近妖的亞麻、白綾
長條與橫幅凌空拋擲，縱橫交錯
滿場抽飛，群魔亂舞

這些紡織品全在發瘋，或者抓人
或者被抓——
少數人忙著使勁纏捲繃帶
裹屍上油
防腐續命
大多數人在懵懂中勒頸縛脖
吊懸套牢
半死不活

那些語法，那些條目、細項
纏捆住軀幹、頸項的層層綁束
保鮮的理由與自盡的姿態
跪著喘到僵著活
你始終無法適應學會

而火光
終究熄滅了

「最好的人死去了
其他人活了下來」

不見待於世
不容於道
不是你的錯
是世界錯了
他們，它們，牠們
原是不配

IX
東方調

東印度檀香，白麝

煙幕彈：遮蔽、掩護，看不見的彼方

Oriental

Indian sandalwood. White musk.

Smoke grenade: for concealment, cover, and the unseen beyond.

如光束層層探落，下達於幽深海域；從遙遠的至高之處偏折投影。

波弦振動。我們的一舉一動、一言一笑、一思一想，色身香味觸法、眼耳鼻舌身意——象徵化爲人形，行走於地。

每個人，都是自己的聖壇。

不告訴

我的腦不知道我的心
我的心認識我的靈魂
但不熟稔
我的靈魂知曉一切
選擇沉默

凝望

你在我面前
我卻分外想念你

馬賽克

夢境是一種轉移
回想是改寫

靈魂在不同維度出境入境
記憶在描摹中一次次塗改
聚焦、發散
解析度大幅調低
先模糊邊緣，霧化處理
再重拉輪廓，塊狀填色

朦朧幻彩，無限暈染的睡蓮花園
轉換成三十二色的色塊組合
精細繁複，穹頂挑高的主教座堂
簡筆成學齡前的幾何積木

我們略顯生硬的人生
大約也就是
在框限裡遙遙轉譯
拓印擬仿的一幅
馬賽克拼貼

心想事成

一切生成都在同步
像座瞬間落成的立體圖書館
精細豐富，巍峨開敞

時間線不存在
過去、現在、未來
皆是長軸攤開的連環畫
同存演繹，業已完成

心想事成是一種通靈
在某個瞬間
對焦特定頻率
擇中預見、存取或置換
早已並列呈現的那格劇情

拙劣嘗試

靈魂是宇宙
神與魔，至美與至深
維度無窮的摺疊與投射

心是天空
擅長遮蔽與造幻
既保護，又隱藏
教我們不得直視
深陷於氣候與尺度

詩句是
風在沙丘上偶然拓畫的痕跡
擦擦寫寫
試圖描摹那一點難以形容

由夢境滿溢出的瑰麗色澤
占卜巨大的美與恐怖

X

花香調：鈴蘭

鈴蘭：合成模擬．無法萃取

啞彈：守備區裡的未爆彈，已無法擊發、作用，技術尚不足移除，徒留戒慎

Floral: Lily of the Valley

Lily of the valley. Synthetic mimicry. Impossible extraction.

Dud round: inert in place, disarmed but present, to be handled with care.

記憶成串綴連，精緻脆弱。球根靜靜埋在意識的土壤深處，或者休眠，或者開花。

而那股絲絲沁沁、隱約流轉的淡香，細膩清幽，如昔年心頭的一點甜意，難以萃取、無法復刻，只能攀擬追索，複方描摹。

寒涼清凜的早晨，淺薄的淡香空靈輕盈，若有似無，像那些無法捉摸的思念餘緒，不可求，亦不可追。

謝謝你們曾經來過。

名繡

配過再換的試色
描了又描的草稿
黛紫紺青，金線挑壓
原是小心翼翼
捧在手上一毫一釐刺出來的

錦繡內面
從不示人

你的名字
是縫在暗袋
兜裝了再不會有的柔軟無措

認命

早已不問「爲什麼」之後
終究
也不再說「如果」

薔薇前生

我從不知道自己
原來想你
像頂梢初冒的新綠
不知道地底錯結的深根
龐大、緩慢的迴旋洋流
不知深海之下黑暗的地震

我從不知道自己
原來記得
夏日裡埋著鼻頭深深嗅入的玫瑰
帶點酒韻的濃熟果香
一連串由遠而近
彷彿被陽光曬脆

銀鈴般響過的笑語
樟樹、長椅、盪鞦韆
逆光裡鍍著金邊的髮絲
回頭時的笑臉
一揚手的瀟灑
瞬間速寫了整幅青春的
風的線條

夏蟲不該記得
蟄伏土裡時夢見的冰
薔薇卻忽然想起
春泥以前雲想衣裳的前生

這些年，過得好嗎
我不知道自己想你

但靈魂知道
夢知道

回憶墓群

那些過去的事
是死去的老朋友
懷念中也帶著傷感

他們有時候
像是活的
幽靈從虛空中生成
栩栩幢幢，逆著光
施施迎面而來
有些手挽手，三五成群
有些隻身一人，愜意張望
在白日裡伸著懶腰
長廊上嬉笑打鬧
逕自走動、言語

他們行止隨遇，安之若素
像來慣了的老熟客
準確走入卽時生成的專屬房間
那些房門無名無號，永遠安靜開敞
他或她隨手推開窗格、拉開座椅
取走抽屜裡的紙鎮和拆信刀
嗅一嗅水杯新養的剪枝茉莉
在流變浮動的寓所坐臥起居
自來自去

老朋友既不蒼白
也不枯槁
他們容光煥發，鮮衣烈烈
永遠存在於某段時空
笑談著那年的雪

那島的風

指點看不見的街景
頭倚頭，細細分辨蘑菇湯杯裡的調料
又彷彿在碼頭長堤
迎著海風、漲潮、水面破碎的燈影
握著熱咖啡或啤酒
說道許多年前苦熬的時日
鷗鳥飛過，落下一片細羽
他們立起風衣領子
遮住嘴角丁點的微笑，走過去了

這裡有人偏過側臉
指背掠上髮絲
那兒有人從微帶青苔的長磚圍牆
張揚揮手，翻身躍下

誰傾身靠近
誰徘徊久佇
打火機的火光一閃而滅
橘紅外套的衣角消失在階梯轉角
他們粉墨登場，輪番唱罷
完成滿意的自娛
便淡漠地蒸逸而散

幻影擅自演繹
擅自消亡
他們眼裡有光
凝視著遠方不存在的異界風景
對我視若無睹
逕行穿越

回憶是時時鬧鬼的巨大墓葬群
我定時灑掃，按點逡巡
望著一一浮現的熟悉面容
每每出神

惦想時且不能輕慢
散漫亦是一種褻瀆
只合專注地，虔誠地，冷中作熱地凝視

而他們都比昔年容色更盛
不老的亡友，曾存的自己
未嘗有分毫耗磨
絲縷遺落
仔細描摹的輪廓帶著光
淡淡地浮金透銀
何等美麗，薄脆，一觸即散

我安靜地守望，眷眷戀戀
不能干涉
不敢打擾

致這些親愛的，幻朽的，久逝的亡者
我已將青春陪葬
並以餘生
祭奠守墓

XI
苔蘚調

橡木苔，岩蘭草

鑽地彈：能穿透鋼筋、水泥、碉堡，掘地數十尺，無所遁逃

Chypre

Oakmoss. Vetiver.

Bunker buster: pierces steel, tunnels deep, leaves nowhere to hide.

別怕疼……如果不痛，我們就不會想改變了。

那些傷口，是靈魂發炎、扭結，困在體內橫衝直撞，尋找出路。所以別輕慢、別忌諱，更別把主導權交給別人：自己缺失的，只有自我贖得回來，看清、直視，再怎麼怵目驚心、猙獰醜陋，絕不能放過自己——承認所有自欺欺人、掩耳盜鈴，驚痛愈深，憎厭愈強，越有力度求變求新，死而後生。

別留戀，別畏怯，別前功盡棄、半途而廢。

全部拆開、推平，大火焚盡，過去的自己就是最好的肥料。

橫生

從那潰爛的創口
模糊血肉
逆長出一枝
熾豔怒放
能灼傷太陽的向日葵

磨砂紙

思想是靈魂的磨砂紙
壓碾著，在痛苦中細細分辨

磋磨慢刷，刨膚刮骨
一面忍受起毛的世界
一面修正自身的粗糙

析剖原是血肉糢糊的療程
從邊緣到內裡
審慎從嚴
格外挑剔地翻檢
一點點修整
一線線削裁

如何見容於眞實
無愧於信念
衝得開關節窒塞
配得上命中有幸
償得起惡業、禁得住福報
在光中服貼
暗裡存善

自我或者成形，或者毀滅
苦難或有意義，或者徒勞——
那樣煎熬渴切、無從抗拒
牢牢抵住所有鋸齒尖銳的質問
精細研整每個未見分明的角度
清醒抛磨，不可麻醉
卽使牙關緊咬

冷汗浸透
反覆推刨的雙手耐心而穩定
一遍遍，一趟趟

抵觸著，生捱著，貼依著並且廝磨著

有天，滲血帶屑的摩擦
變成絲滑如綢緞的撫拭
我們撣一撣灰
吹去指上薄薄的浮末
站起身來

無復被世界挾迫
也不再扎傷自己

盛放

愛是皮開肉綻的明媚鮮妍

自我相驗：人是一種開花植物

請觸診自己
像檢驗一副蛻下的殼子

這是一具雖死猶活的軀體
髮際、喉頸、胸膛、四肢
長久沉默的凝視之下
所有隱形的痕跡開始浮現
如一塘沉豔的水蓮驚醒催動
從沼泥深處迅速竄湧
抽莖成苞
發綻顯色
爭相開迸吐露
霎時，竟近乎絢爛——

切割、戳刺、鈍擊、夾掐
或者燒燙灼烙
刮擦粉碎

屍體上
開滿了花
有的含苞，有的半凋
有的枯萎皺縮
有的盛放如碗大

這座花園是片地圖
請睜大眼睛看清楚
每一處植栽的扦插角度
交錯縱橫的深度、長寬
花朵形狀與面積

點點斑斑，各類型出血型態

彩色的園藝世界
誰是凶手
誰是從犯
誰是眞正的被害人

或是細微隱密
時長日久的施虐折磨
或者意外遇襲
猝不及防的大塊撕裂

有些是舊傷
隱隱未癒，天雨發疼
有些是新創
堇青紫紅，血肉翻流

有些甚至是中毒
曾幾何時，沉澱累積
多不勝數的微量元素淵源深遠
自幼時起
從胎裡來

——切開來，也都是花
骨頭、臟腑、組織、腔隙
彩麗花瓣色色簇簇
柔軟增生，由各處間縫迫不及待
大捧冒出
挾雜著根莖枝葉
鼓脹塞滿，歡然流洩
所有的花都有故事
從新到舊，由重至輕

別放過任何一段情節回放
追溯每樁案件催苞的緣由
如何埋入，如何促長
或者強買強賣
亦有自施自爲

就算還魂詐屍
花團也會不斷增殖複製

因爲這些跡印是活的

錦繡張揚

猙獰肆意
它們落地生根，於永不止息的春天
微管束不排列於皮肉
逕直紮在靈魂裡
被慣性思維與情緒日夜滋養傳輸

長勢喜人
不時開裂

被整治成燦爛花壇的案主本身
你可以無動於衷
但不能無知無覺

XII
安息香

暹羅安息香・定香劑

銀彈：如果我有天變成吸血鬼……

Benzoin

Siam benzoin. Natural fixative.

Silver bullet: if I ever turn into a vampire...

人生總是這樣，那樣。
但，還是要眞誠地活。

且伴且行，莫失莫忘。
未曾棄亂，未敢辜負。

四缺

求而不得
得而未諧
諧而無終
終而無明

深切謹記

原來

有些夢，是可以被圓的

四十許願

帶回一對手工打造的銅茶筒
存了茶，安置櫃上
松竹梅紋、鳥獸戲畫
勾描的筆劃纖細端麗
茶則一刻「萌光」，一鑿「露電」
眞鍮紅銅
在歲月溫存緩慢的拭撫裡
將和我一起老去

兩只茶筒端端莊莊
站在時光不舍晝夜的隱形奔流中
由最初的鋥亮光豔
漸漸斂彩沉彤

似雲霞的遲豔
隨暮晚夕色愈染愈深
直至隱匿沉入
一片無光更麗
故事幽深的霧靄朦朧

宇宙有情
器物有靈
我悠然想像，耐心等待
用半生觀察變化

而我也將
平心靜氣地中年，晚年
不矯飾
也不留戀
安然恬適，清凜醒覺

如一片霜葉於晚秋寒風
自然舒展邊緣新染的透紅色澤

不羨年輕
煉守了這麼久才有這半角通透
不懼晦暗
我們本身就是
一念清淨
圓滿自成的月亮

諸行如露如電
本性曖曖萌光

可堪修持者唯心
唯一需得謹慎保養的
只有靈魂

我走向意識邊緣，垂下釣竿
向石頭內部
向藻群深處
向你，向你們
向徐徐推展開的星圖一隅

我將釣起一縷煙
一面鏡子
一則在破碎中暗示完整的預言，或甚至
一位不可言說之神明

當所有內焚的香氣
隱微淡去的時候——
引信終會
被新升起的凝視點燃

我承諾
從風中聆聽而得的答案
將慎重嚴肅地捧起
虔誠奉還

香氣溫柔，炸彈殘酷

朋友們，我又來了。

這次，想隨意一點、家常一點，想到哪寫到哪。不再兢兢業業，嚴陣以待。畢竟，它在前頭，已經有了一篇精巧緻密的序、一首穿透有力的英譯，該有的門面讓友人肩負了，我偷樂之餘，可以坦率放飛，絮絮叨叨地碎念起來了。

暮鼓晨鐘

說起序。

我和鳳，其實不算有太多私交。十幾年來，詩集發表會見過一次，幾回往來信件，如此而已。稱得上清淡如水了。然而，會有這樣的聯繫，也算奇妙的緣份。翻翻舊檔，是二零壹二年的事——我在批踢踢上，讀到她為「像蛹忍住蝶」翻譯的英詩，去信感謝，因而結識。那時，我還在跑外雙溪，每週往返東吳和學生聊現代詩，她也還沒進入公眾的視野，尚未成為名人。如今，批兔的個版早已封存不寫了，大家的帳號也多半荒廢，但她仍是隱版時少數的可見名單之一，是遙遠的，來自黑底白字、鍵盤指令的昔日回聲。

所以，我眼中的唐鳳，最初的起始印象，既不「數位」、也不「科技」，而是一個屬於詩的，柔軟、開敞、清晰平靜、能量充沛的靈魂。

或許這樣的她，人們不一定熟知。鳳是可以這麼「純文學」的。那是天賦的內在感性，能清澈通達，細膩深刻。

這次的序，是我向她邀稿。雖說如此，我沒想到會再看見她的譯詩。昨日之日……今日之日，如同穿越時間長流，二度伸手，在抽刀斷水水更流的漫涼光陰裡，淘掬起相似但完全不同的兩捧沙金。

And so time passes, places alter, faces change
it has been a long journey
we return to the room we set off from
origin and destination curl into a perfect ring

「原點與終點繞成完美的環」，兩次清響、兩次觸擊。旦夕之間，遙久以前的暮鼓，餘音震震地共鳴於今朝的晨鐘。由始至終，這是兩次水逆帶來的，銜接往日的珍貴回音。

從三十前後，到年逾四十。

而我還在寫。

而她步入喧囂，靈敏真淳，詩質依然。

真好。

電波系萬歲

說起《香氣炸彈》。

這本書，跟以往的詩集不同。

最大的不同在於……我懶散了。

「幸福的人，可以不寫詩」。從上本《棘冠薔薇》就很有這樣的兆頭，比起詩，生活本身、心靈本身，時時刻刻的念頭、日常運轉的修正、養小孩的換位調整、外界的傾斜幅度……這些是我更在意的事。「詩」的地位被無限往後推了，那些偶爾閃過心頭、草草錄下的句子，有些發芽，有些發霉，有些亂糟糟塞在角落，有些早已不知去向，在輕薄縹緲中散佚、遺忘。

雖然不是那些格式分明、為人所知的模式，沒有課程、沒有法門、沒有宗教，但我知道我在「修行」。修自己的心，修二十四小時裡每一個反應和態度，修這些心心念念顯化的「行」。自然，做得還遠遠不夠好，但總是在做的。觀看外界，觀察自我，領悟越多、覺察越深，越覺得「沒什麼一定要寫的」——至少，在當下的一程中，沒有怨憎會、愛別離、求不得，沒有強烈的遺憾、疑問與掙扎。

所以也沒有非得尋找出口，一心傾訴的能量。

想法是有的，感受是有的，但，「為什麼一定要寫呢？」那些瞬發的起心動念、靈光一閃，那些思想與情感，或者斑斕、或者保護色，像型態各異的蛇群一般，冰涼順滑，悠然溜過去了；這些部份熟悉、部份陌異的美麗生物，我為何非得抓住它們的尾巴，蹩腳地添上不必要的足呢？

因此，這本書，原本不會那麼快問世的。只憑著那些自動浮現心頭，匆忙撈取，開手機潦草記下斷簡殘篇未完稿的片段詩句，稿件累積的速度是蝸牛爬，走三步、退兩步，還不時歪斜扭曲，原地畫圈。

然而，動筆的開關卻忽然被打開了。

我曾和朋友說，寫作有時像一種通靈。翩然降落心上的文句，浮現的意念與思緒，連續湧動的畫面和意象——而我所做的，不過是認認真真，全心全意地感受、觀察、接收、體驗，並且在文字最後被固定下來之前，發動修辭相關的理性與邏輯，加以擇揀、微調，把它們放在該放的位置，讓語句的波動貼合於原始的情感和思想，直到感覺順眼，大致和諧。

語詞、意象、音律、情境，是新鮮帶露的各色花材，我不過剪剪切切，合攏它們。

詩句會自然長成，在它想形成的瞬間。從漫長歲月中的所見所聞、所思所感，從生活裡浸潤醞釀，析出結晶。像一棵樹安靜長成，枝椏疊展，細芽探出，根深深埋在黑暗的土壤裡……光夠了，水滲入了，時候一到，花便綻開。

大約在去年秋末，莫名其妙地，彷彿被某段奇妙的宇宙電波忽然打到，我覺得「可以寫了」，開始密集、頻繁地寫，將所有存續心中但過往未曾想寫的體會、狀態、畫面一一付諸文字，完成了這本集子的絕大部分。

比起從前每本書都是日記般自然累積的結果，在至今的寫作歷程中，只有「香氣炸彈」是忽然炸開來的。

像是在低耗能的漫長休眠中，被天外飛來的一段頻率打醒。不管是連篇的長詩、省字的短詩，它們都是這樣來的。

所以，與其說作者是我，不如說是電波信號，透過「我」這個特定的容器、經由這個容器長久以來自帶自釀的成分和特質，轉化成某些特定的文字排列，成為了香氣炸彈。

感謝宇宙。

青苔是有益植物

「草本調」是向外觀察，「苔蘚調」是向內觀測。如果要正確找到自己在世上的定位，對比出一個待起來能相對心安理得的位置，外觀和內照，是缺一不可的。

額外想談談「苔蘚調」。

以下內容寫起來，必定沉甸、累贅，既不優雅，也不詩意；但我還是想寫。就當是作者任性吧。

這是關於內在省察、自我界定的一輯。

首先要能「看得見」，允許浮現、穿透和承認。西諺有「房間裡的大象」一語，那有默契避而不談的「不可言說不能指涉之事物」。心也正是一所房間，而大象一直在房間裡啊……沉默、笨重、龐大、窒悶，擠死了肢體伸展、自由呼吸的有效空間。

那頭象，或者那好幾頭象，挾著現實儀器感測不到的數噸重量，在胸中來回亂踏，長鼻甩動、頓足跺步，將靈魂壓縮踩扁。多少人在心中，耗盡自身的精神氣血化作草料，飼養這群不快樂的象，又有幾人能將牠們放還、遣散，徹底清空心靈的房間呢？

縱使瞎著，也要慢慢把第一頭象先摸出來。牠的體型、輪廓、皮膚上的皺摺與傷痕——或許，就是蹭得最近、鬧得最兇的那隻——終歸是要「看見」的。

有所詢問，有所覺察，有了明確的施力方向，才能有所突破，再求提昇。

塵泥滿身，苔蘚遍地：象在那裡，等我們看見。已等得太久太久。

不避不移，直直望過去吧——

在那片只有自己能命名的境地裡，青苔閃過一陣鮮碧的翠光，象頭微側，似若有風，在那束微光將落未落之前。

留下的象腳印可供煉金

這是現代人的生活寫照：高壓，空轉，偏斜，疲於奔命。

壓力巨大，理由荒謬。象群在狂奔，無人機在狂奔，數據、稅率和吔彈狂奔，羚羊和草泥馬都在狂奔。世界變動迅速，外部的體系、內在的價值觀，都在主動或被動地更迭、傾軋、崩潰、重塑；如何才能重獲整合？人們在世界表層與自我深層之間試圖連結，卻危危晃晃，無所著落。

且記著：沒有速成。一切真正的連結與點化，都必須是自己的工夫：沉潛於個人的心與識，看清框架與脈絡，辨詢情緒與感受，區別來路與去向，重置定義與認知，不斷編碼重寫、覆舊以新。

再造、更生的力量，必須發自內部核心。可以獲得提示、尋找指引、請求協助，但沒有任何一項外力，能取代自我覺察。宗教法門、靈性課程、心理專業，甚至算命占卜——人在迷惘不安之中，難免向外尋求輔助，但真正深刻艱難的體驗與轉換，必須由個人親力親為，深潛完成。

而且不應有超出合理範圍的計酬。

沒有人能替你下決定、沒有人能代擋那杯命運的酒、沒有人能替你承擔生命一切雷霆雨露寒霜暑焰。

沒有人，配將手伸入你靈魂深處的血與火。

不能依賴外來救贖，所以請戒慎恐懼。

冷暖惟自知，終也只能自濟。

不假外求

我們必須是回應自己的那個人。

每個人有自己的緣份，這世上有真止的道法傳承，也會有真假摻半，引人誤入歧途的迷局幻象。但，如果只是修整自己的心，事實上並不複雜。不需要在尚未徹底確認，缺乏長久的觀察、瞭解和信任之前，倉促投身於某份信仰、某個組織、某種新興課程、某個人。起始的階段，只需要靠著大量的閱讀、思考、對比、辯證，然後不斷自我詢問。這是最安全也最簡便的。

閱讀與理解，自問與自證——甚至是不必太多花費的。

質疑，質疑，質疑，然後尋找，思索，思索，尋找。

但這不也是極其美好的事嗎？即使艱難緩慢，我們可以只靠著自己就完成至關重要的轉變。不是一紙證書，不是某個身份，不必將誰視為導師偶像，不須依附於某個團體相互取暖同時處處受制——而那體悟是自己的，誰也奪不走。

「存在的理由不假外求」，辛波絲卡如是說。

只有理解和覺悟、意識的改變、每一次起心動念不同以往的真實反應，是徹底的良方。真正改寫底層代碼，才能動搖相應而成的生命軌跡，開展全新的程序與路徑。

必得釜底抽薪，塌房重建。

長明不滅的燈芯，只能由內部點燃。

所以，別怕孤獨，煉自己的金吧。

人身難得

替「東方調」這輯寫前綴詞時，腦中浮現的句子是：「每個人，都是自己的聖壇。」

你讀過的書，唱過的歌，許過的願，愛過的人；那些看過的風景，經歷的事，撞過的牆，堅持過的主張；甚至家人、朋友、工作、寵物……你正在穿的衣服，下的訂單，規劃的行事曆；攝入的飲食，搜尋的詞，交換的訊息；每一樁回應與互動、情緒與想法；時時刻刻，每天生滅起伏、輪轉而過的念頭；心中分分秒秒琢磨的事。無論破碎或完整，數不清的點點滴滴，這一切的一切，構成頻率，共振成「你」。

過去和未來皆不存在，只有彙集投射、顯化於當下的「我」。

佛教說，人身難得。

倘若人身確實不可思議，漫長修來的這座「壇」，如今怎樣了呢？

舊雨新知

致新知，更謝舊雨：

謝謝你們看到這裡。這回，我多話了。

香氣溫柔，炸彈殘酷。然而，這就是人生的真相。與其等別人施捨芬芳，在無明中任憑命運轟炸，不如試著自己造香、親手炸毀框架——終歸不是全然被動，橫豎好過得多。

「七」是一組完整的循環，這已是第七本書。我在這裡完成起始的迴環，整裝完畢，預備叩開下一扇原不存在的門。為這趟歷程的完成，感謝共時性；感謝心靈工坊，心宜、馥帆和逸辰。

以及參與了這段旅途的你。如果這兒還有同樣經歷過「上古神獸」批踢踢時代，甚至是，在《像蛹忍住蝶》之前就在的老朋友，謝謝你們。

願我們都好。

附錄 I

香調 × 彈藥索引表

Weapons of Scent

— a resonant index of explosives and accords —

Aquatic

Rain mist. River flow. Sea breeze.

Water cannon: high-pressure rinsing, suppression, and dispersal.

Leather

Leather. Smoked accord. Tobacco leaf.

Cluster bomb: indiscriminate, large-scale destruction.

Hesperide

Lemon. Orange blossom. Bergamot.

Old landmine: buried close, triggered by contact, habitual with time.

Floral: Magnolia

Magnolia. Indole. Linalool. Limonene.

Hand grenade: thrown by hand, aimed and directed.

Ficus carica

Ficus carica. Coumarin. Banned additive.

Missile: precision guided, long-range locked.

Fruity

Peach. Berry. Pear.

Paintball: vividly colored, harmless on skin.

Herbal

Peppermint. Ginger. Lemongrass.

Tracer round: for observation, correction, and marking.

Woody

Atlas cedarwood. Scent of rust.

Subsonic bullet: a kill from reality, a death without sound.

Oriental

Indian sandalwood. White musk.

Smoke grenade: for concealment, cover, and the unseen beyond.

Floral: Lily of the Valley

Lily of the valley. Synthetic mimicry. Impossible extraction.

Dud round: inert in place, disarmed but present, to be handled with care.

Chypre

Oakmoss. Vetiver.

Bunker buster: pierces steel, tunnels deep, leaves nowhere to hide.

Benzoin

Siam benzoin. Natural fixative.

Silver bullet: if I ever turn into a vampire...

附註｜香調用詞聲明

本詩集所使用之香調分類名稱，主要參考歐陸香水傳統中之Olfactive Family命名系統。用詞取自具歷史語源與結構意涵者，並非僅依循當代英美市場之通用香調語彙。

如部分詞語與現行香水商品分類有所出入，係基於本書整體語境、象徵與結構需求所致。非為專業調香實務分類，亦不作產品用語使用，謹此說明。

附錄 II

分輯語場氣味雷達圖

Scent radar chart

語場輪廓：香調 × 爆裂意圖

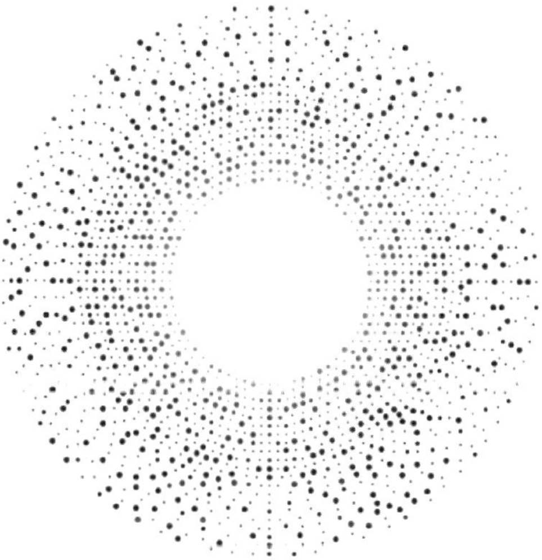

雷達圖六軸向

Intensity	氣味強度／情感張力
Residual	殘響時間／留香性
Spiritual Echo	精神靈性層次／內在神性反射
Violence Symbolism	武器隱喻濃度／暴力度
Poetic Density	語句濃度／象徵密度
Clarity of Image	意象清晰度／辨識鮮明度

Aquatic

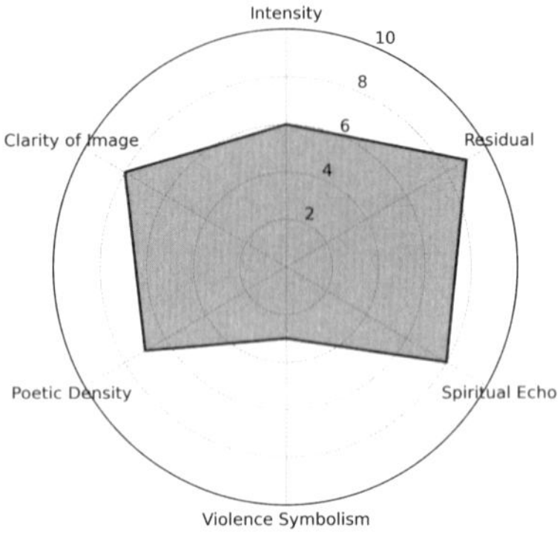

· Intensity (6)：滲透型擴散，表層情緒強度中等。
· Residual (9)：殘響波動明顯，耐留性高。
· Spiritual Echo (8)：形上結構介入穩定，意識遷徙感強。
· Violence Symbolism (3)：破壞性暗示稀薄，記憶與雕塑性敘述為主。
· Poetic Density (7)：長短詩編排交錯，語意密度中高。
· Clarity of Image (8)：主導意象明確，水系轉喻層次豐富。

Leather

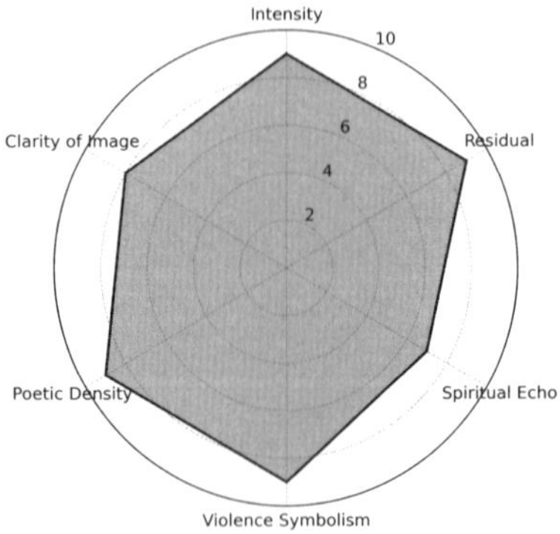

· Intensity (9)：情緒釋放強烈，張力集中。
· Residual (9)：殘響深沉，耐留性高。
· Spiritual Echo (7)：精神結構滲透，負重感顯著。
· Violence Symbolism (9)：破壞性符號密集，主題圍繞剝奪與裂解。
· Poetic Density (9)：敘事與隱喻交織，結構密度高。
· Clarity of Image (8)：意象強固，裂解與骨骼隱喻貫穿全篇。

Hesperide

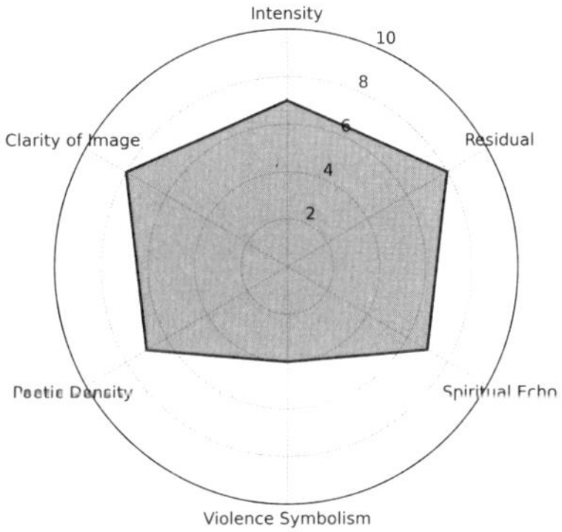

· Intensity (7)：情緒層次溫和，波幅穩定。
· Residual (8)：香氣殘響中高，餘韻柔長。
· Spiritual Echo (7)：精神結構隱匿而滲透，重心偏日常微觀。
· Violence Symbolism (4)：破壞性符號輕微，偏向細節感知與記憶連結。
· Poetic Density (7)：短詩與微敘事交錯，語義疏密適中。
· Clarity of Image (8)：生活意象清晰，層層鋪陳感強。

Floral: Magnolia

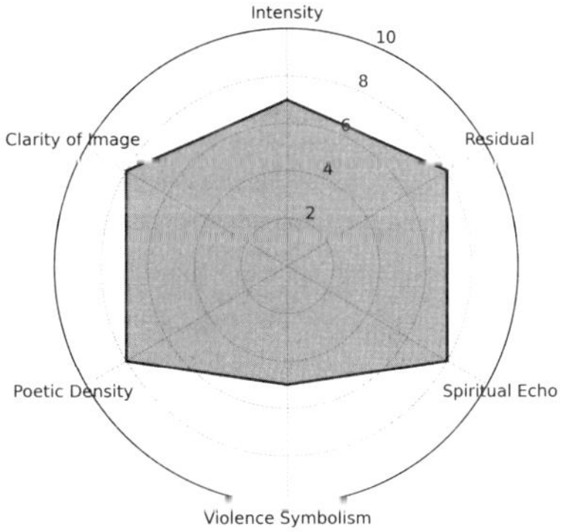

· Intensity (7)：情感層次集中，穩定輸出。
· Residual (8)：餘韻延長，感知回流具層次。
· Spiritual Echo (8)：主體與命運交界感明確，意識穿透性強。
· Violence Symbolism (5)：具局部穿刺與刺青式意象，非主導元素。
· Poetic Density (8)：短詩組結構緊密，隱喻轉折頻率高。
· Clarity of Image (8)：情感影像明晰，內在光源導引敘事輪廓。

Ficus carica

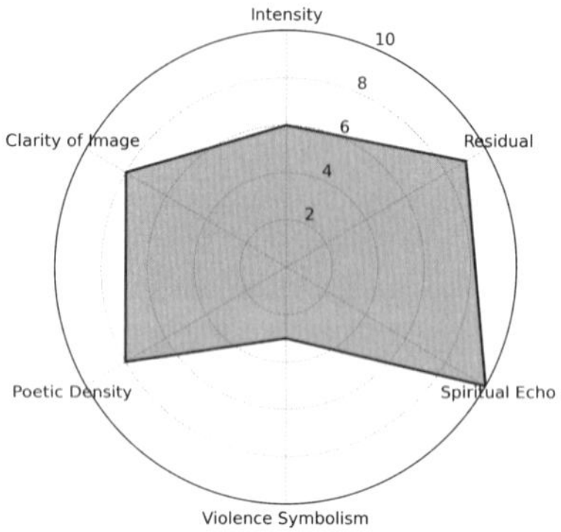

· Intensity (6)：感受強度適中，節奏趨緩。
· Residual (9)：記憶性高，香氣留存性延長。
· Spiritual Echo (10)：夢境與潛意識結構明確導入，意識層次滲透度最高之一。
· Violence Symbolism (3)：低衝突導向，語場偏向潛伏與柔性移動。
· Poetic Density (8)：層層疊構，夢境式語序與敘事軸多重交織。
· Clarity of Image (8)：景象生成具超現實特質，圖像浮動清晰。

Fruity

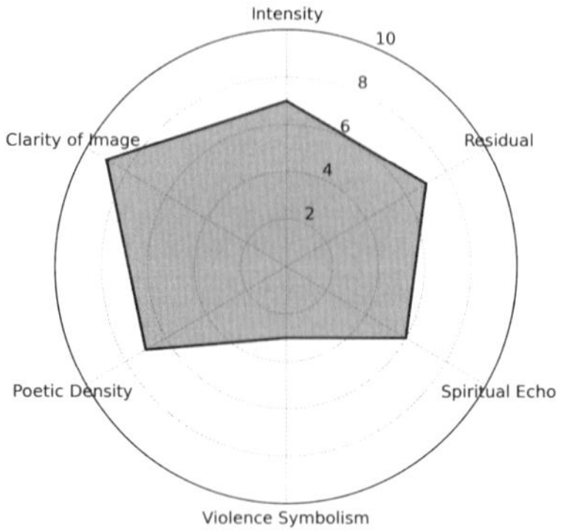

· Intensity (7)：情緒呈現鮮明，調性偏明亮。
· Residual (7)：餘韻延展中等，質地穩定。
· Spiritual Echo (6)：靈魂層次為次要線索，重點偏向生命場域的日常隱喻。
· Violence Symbolism (3)：暴力象徵稀少，偏向柔性書寫與光感情境。
· Poetic Density (7)：語彙輕盈，排列密度適中。
· Clarity of Image (9)：視覺意象清晰，結構鮮明，色彩導引強烈。

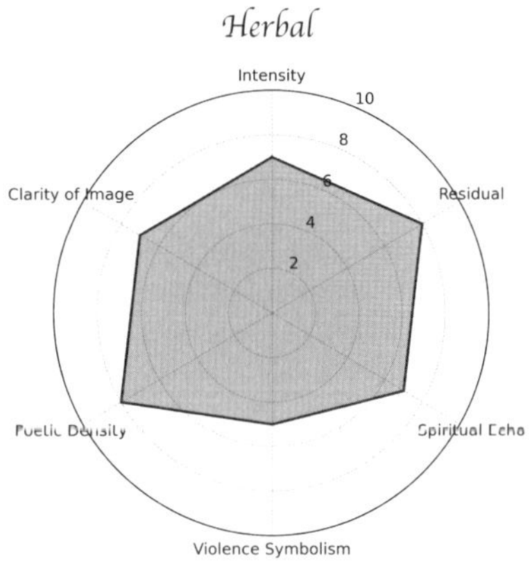

· Intensity (7)：思維張力穩定，情緒波幅適中。
· Residual (8)：語場延伸性高，餘韻屬內隱迴盪型。
· Spiritual Echo (7)：概念與存在論層面明確介入，語義具干涉意識特性。
· Violence Symbolism (5)：局部呈現思辨性批判與邏輯拆解，非直接衝突導向。
· Poetic Density (8)：語層積構複雜，節奏快慢變奏頻繁。
· Clarity of Image (7)：意象生成偏抽象，局部鋒利，重點敘述具觀測導向。

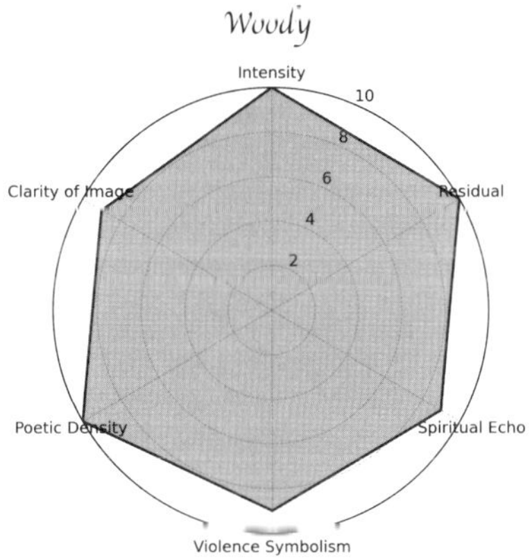

· Intensity (10)：內聚壓強極高，情緒張力持續釋放。
· Residual (10)：語場餘震最深，殘響延續性極強。
· Spiritual Echo (9)：靈魂與道德結構連結明確，存在感強烈。
· Violence Symbolism (9)：隱性暴力意象密集，涉及結構性壓迫與精神解構。
· Poetic Density (10)：單一長詩承載全場域張力，語彙高度壓縮與放射。
· Clarity of Image (9)：隱喻深層但構圖清晰，主體與象徵之間連接穩固。

Oriental

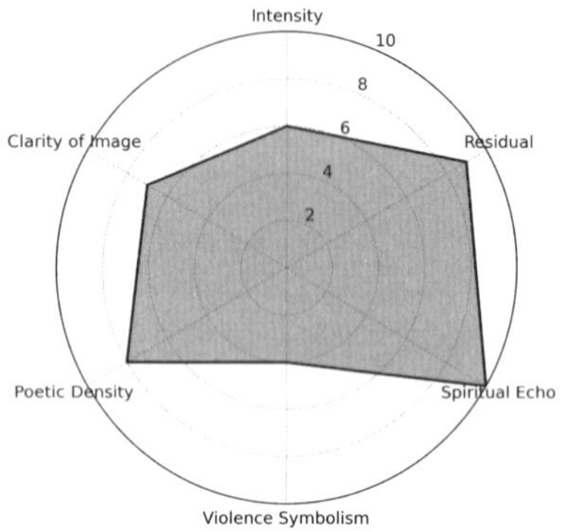

· Intensity (6)：情緒層次內斂，波幅收束。
· Residual (9)：意識殘韻緩慢擴散，煙霧式存留。
· Spiritual Echo (10)：形上語言穿透力最高之一，靈魂結構直入深層反思。
· Violence Symbolism (4)：非物理性衝突，偏向認知偏折與象徵性遮蔽。
· Poetic Density (8)：語義層層包裹，邏輯與靈性交疊。
· Clarity of Image (7)：意象多為抽象、投影式生成，圖像輪廓偏朦朧。

Floral: Lily of the Valley

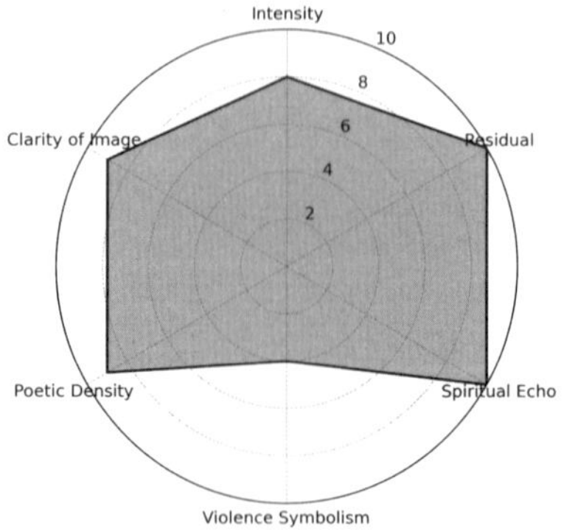

· Intensity (8)：情感密度高，輸出方式微聲但集中。
· Residual (10)：殘響力極強，記憶召喚效應持續。
· Spiritual Echo (10)：靈魂回波最幽長者之一，主題導向「消逝 × 再見 × 餘存」。
· Violence Symbolism (4)：非物理性暴力，偏向情緒記憶的穿刺與靜守。
· Poetic Density (9)：短詩組結構緊實，情感壓縮度高。
· Clarity of Image (9)：視覺語言極具影像感，記憶圖層穩定再現。

Chypre

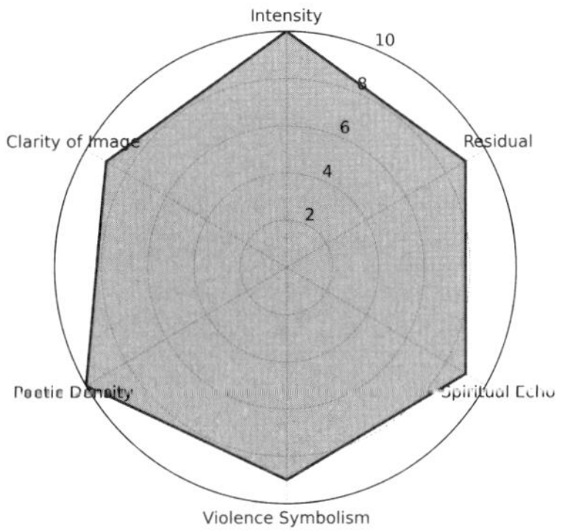

· Intensity (10)：語場張力極高，情緒衝程強烈。
· Residual (9)：殘響濃厚，感知延續性長。
· Spiritual Echo (9)：靈魂結構貫穿全輯，導向驗身與再構。
· Violence Symbolism (9)：身體與情感暴力意象密集，呈自剖式書寫。
· Poetic Density (10)：語言壓縮與隱喻疊構最繁複者之一。
· Clarity of Image (9)：隱喻與器官並列描繪，圖像結構具臨床精度。

Benzoin

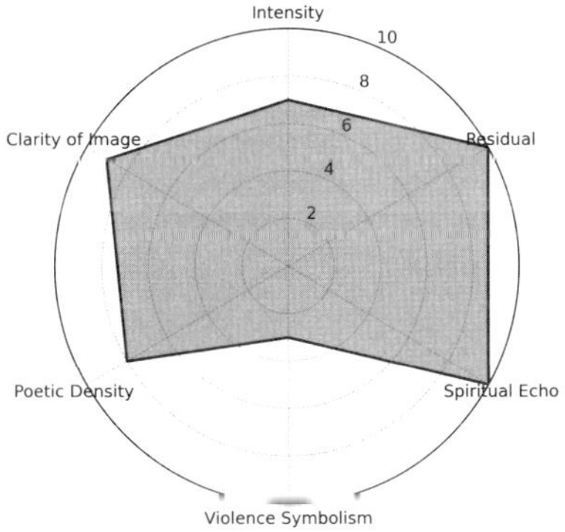

· Intensity (7)：內斂而穩定的情感張力，釋放節奏緩慢。
· Residual (10)：餘韻最持久者之一，意識殘響延展性極高。
· Spiritual Echo (10)：精神結構完整貫穿，全輯導向圓滿自我與儀式收束。
· Violence Symbolism (3)：低衝突導向，語場偏向清理與和解。
· Poetic Density (8)：語義層次清晰，有節制地佈建敘事轉折。
· Clarity of Image (9)：意象生成穩定，場景構圖明晰，細節標定精準。

PoetryNow 014

香氣炸彈　陳依文

五十七場試爆紀錄的香氣震波

A Bomb Made of Scent
Fifty - Seven Scent Detonations

出版者—心靈工坊文化事業股份有限公司
發行人—王浩威
總編輯—徐嘉俊
責任編輯—陳馥帆
封面 / 內頁設計—陳馥帆
文字校對—洪逸辰
香氛顧問—洪逸辰
通訊地址—10684 台北市大安區信義路四段 53 巷 8 號 2 樓
郵政劃撥—19546215　戶名—心靈工坊文化事業股份有限公司
電話— (02) 2702-9186　傳真— (02) 2702-9286
Email—service@psygarden.com.tw
網址—www.psygarden.com.tw

製版·印刷—彩峰造藝股份有限公司
總經銷—大和書報圖書股份有限公司
電話—02) 8990-2588　傳真—02) 2290-1658
通訊地址—248 新北市五股工業區五工五路二號
初版一刷—2025 年 5 月
ISBN—978-986-357-442-2
定價—380 元

國家圖書館出版品預行編目 (CIP) 資料

香氣炸彈：五十七場試爆紀錄的香氣震波
= A Bomb Made of Scent: Fifty-Seven Scent Detonations
陳依文著 . -- 初版 . -- 臺北市：心靈工坊文化事業股份有限公司，
2025.5　面；公分 . -- (PoetryNow ; 14)
ISBN 978-986-357-442-2 (平裝)

863.51　　114005780

心靈工坊 文化事業股份有限公司 PsyGarden